2018

臉書截句選300首

魚跳

白靈 編選

選自「facebook詩論壇」2017年7月至2018年6月

截句

●

是詩人蹲在心之溪流淘洗的金沙

4 行詩

翻閱眾臉之書

截句詩眼

在讀者心上

植

一

株 ──

株 花

世界是一面鏡子

我們站在鏡外

看截句飛過

紅塵在其中起落

【截句詩系第二輯總序】
「截句」

李瑞騰

上世紀的八十年代之初，我曾經寫過一本《水晶簾捲——絕句精華賞析》，挑選的絕句有七十餘首，注釋加賞析，前面並有一篇導言〈四行的內心世界〉，談絕句的基本構成：形象性、音樂性、意象性；論其四行的內心世界：感性的美之觀照、知性的批評行為。

三十餘年後，讀著臺灣詩學季刊社力推的「截句」，不免想起昔日閱讀和注析絕句的往事；重讀那篇導言，覺得二者在詩藝內涵上實有相通之處。但今之「截句」，非古之「截句」（截律之半），而是用其名的一種現代新文類。

　　探討「截句」作為一種文類的名與實，是很有意思的。首先，就其生成而言，「截句」從一首較長的詩中截取數句，通常是四行以內；後來詩人創作「截句」，寫成四行以內，其表現美學正如古之絕句。這等於說，今之「截句」有二種：一是「截」的，二是創作的。但不管如何，二者的篇幅皆短小，即四行以內，句絕而意不絕。

　　說來也是一件大事，去年臺灣詩學季刊社總共出版了13本個人截句詩集，並有一本新加坡卡夫的《截句選讀》、一本白靈編的《臺灣詩學截句選300首》；今年也將出版23本，有幾本華文地區的截句選，如《新華截句選》、《馬華截句選》、《菲華截句選》、《越華截句選》、《緬華截句選》等，另外有卡夫的《截句選讀二》、香港青年學者余境熹的《截竹為筒作笛吹：截句詩「誤讀」》、白靈又編了《魚跳：2018臉書截句300首》等，截句影響的版圖比前一年又拓展了不少。

　　同時，我們將在今年年底與東吳大學中文系合辦

　　「現代截句詩學研討會」，深化此一文類。如同古之
絕句，截句語近而情遙，極適合今天的網路新媒體，
我們相信會有更多人投身到這個園地來耕耘。

【編選序】
魚跳的必然

白靈

　　如果由1979年草根詩社的羅青出版《小詩三百首》算起，這是臺灣推廣「小詩運動」行將邁入第40年，也是臺灣詩學季刊社在臉書的《facebook詩論壇》推展並引發「截句風潮」的第二年。

　　而稿紙與手機寫作的不同、平面與網路發表的差異、印刷與螢幕／實物與虛擬載體的迥然有別，正代表了相隔近四十載後，時空的變化使得創作人面對詩時，有了想與時俱進、前衛的、勇於實驗、由「詞費」走向「詞省之極致」的衝動。

　　而追究「截句」一詞一出，即能比起小詩（10行內）「小詩運動」多年後、或俳句（3行）乃至微

型詩（3行）等更能引發熱議，兩年多之間兩岸即能
出版那麼多詩集選集，代表了整個時代對「微」與
「小」強烈的渴望，顯然背後隱藏了一些時空與觀念
思潮上的意涵，筆者另有文章探究，簡要言之，或可
歸納幾點：

1.往橫看：追上了「微的時代」的科技大潮

2.往內看：符合了人性「去舊務新」的特質

3.往上看：接續絕句傳統及百年小詩未完成之
　任務

4.往思潮看：呼應了「去中心」「拼貼」「庶
　民化」的後現代特性

5.往跨界看：大增與書畫杯碗枕門屏公共運輸
　等日常生活結合的能量

6.往心靈看：隱涵了極簡的「斷捨離」近乎禪
　的精神

2017年是臺灣興起「截句風潮」的第一年。到了

年底由筆者編選了《臺灣詩學截句選300首》出版，
此選集所有作品約由5300首選出，包括選自蘇紹連
創建多年的「facebook詩論壇」，作品包括自2017年
1月10日至6月30日詩人發表於此臉書網頁的280首截
句作品、以及20首與《聯合報》副刊合作，投稿於
「facebook詩論壇」的「詩人節截句競寫」（主題：
詩是什麼）和「讀報截句競寫」作品。

　　而自2017年7月1日之後至2018年至6月30日，算
是進入第二階段推展截句，遂於2018年年底再由筆
者編選了《魚跳：2018臉書截句選300首》出版，所
有作品約由6500首選出，270首選自「facebook詩論
壇」2017下半年至2018年上半年的截句作品，30首由
與《聯合報》副刊合作三次的截句中選出，包括2017
年下半年投稿於「聯合副刊文學遊藝場」的「小說
截句競寫」得獎作品（10首／也公佈於「facebook詩
論壇」）、以及2018年上半年投稿於「facebook詩論
壇」的「春之截句競寫」、「電影截句競寫」得獎作
品（20首）。「小說截句競寫」由蘇紹連、白靈在

「聯合副刊文學遊藝場」擔任版主，直接複審及決審，複審還分三階段，每次選出十餘首，同時公佈此上述兩網頁，決審得獎作品10首及蘇紹連撰寫的評選觀察文章再刊於副刊及兩網頁。2018年上半年的兩次徵稿，複審皆靈歌、葉莎，「春之截句競寫」決審蕓朵、白靈，「電影截句競寫」則由蕭蕭、白靈擔任。此即本截句選成書的梗概。

　　詩形成的原因有時是字與字的拍手，有時是心滴在心上，要長要短本由詩人決定，但豈能置閱聽人於度外、知音只有一二而已？卞之琳以一首四行〈斷章〉（1935）擄獲無數愛詩人，而「斷章」即「截句」也！八十餘載以來，詩人無數，竟無人以之為標竿，站在讀者庶民百姓立場來看，豈不可憐兼可恨？

　　一首〈斷章〉告訴我們的是：儘管風在笑，它仍敢以超微身姿縱躍時間廣闊的深谷，自在逍遙遊去也，因為終究能踏抵彼端懸崖的，非箭即螢火！

　　不必羨慕所謂長詩、巨詩，何妨魚跳一下？讓整條河伸出手都抓不到地奮力一閃，躍離水面，才一

秒，誰敢說就不能有一光年那麼遠？而落回時，響聲說不定還能濕了誰的眼眸？

　　而任何庶民請舉手，有誰不具有：如水裡流螢的苦花魚，有自人生之河「魚跳」的本領呢？

跳
魚

目　次

輯一│2017年7~8月截句選

輯二｜2017年9~10月截句選

輯三｜2017年11~12月截句選

輯五｜2018年3~4月截句選

輯六 | 2018年5~6月截句選

輯七｜截句競寫得獎作品

2017年7~8月截句選

于中
初訪

我拖著一雙韻腳

按鈴

主人說放下鞋子

才好入門

2017年7月5日

李宗舜

初心

在智者的大海撈針

遍尋一顆珍珠

迷失了遠行航線

那顆閃亮的初心

2017年7月7日

朱隆興
你是我的班長嗎？

氣味、膚色、舉止、說話、反應完全不同

那十分陌生。包括我寫的種種，和兒子

唯一相同：冠了我的姓，取了他的名

各拿一支手機，他在那頭，我在這頭

2017年7月8日

忍星
洄游

你的字字句句又游回我心湖

愛之斑斑，恨之點點

全群落在此　孵育

宇宙的星群　○　○○　○○○

2017年7月9日

齊世楠
讀詩

說清楚講明白不符此處語法條例

迂迴曲折遮掩罩紗是表達規矩

流眄拆解幾番　難嚼烹調盤飧

放棄啃骨吸髓　總有嗜愛的滋味

2017年7月13日

沐沐
燕子的黃昏

風
在遠空拉出一條透明的線
牠嗅了嗅
便知道那是故鄉

2017年7月13日

李宗舜

聲浪

旭陽透過紗窗

光影探頭探腦

金色的水紋如疊羅漢

如早晨醒來第一隻麻雀鳴叫聲

2017年7月14日

胡淑娟
苦澀黃昏

與夕陽的餘光　對坐

沉思荼蘼的花事

只見野雁啄了兩口晚風

蘸著煙霞當一杯苦酒吞下

2017年7月14日

露珠兒
憩

橫躺一首詩在你眼中
我住了進去，風就動了
落腳的一葉扁舟晃蕩起來
槳就無憂地划開你的蛾眉

2017年7月14日

媜嫚
路燈

路燈是點燃夜景的仙女棒
照亮城市的眼，照亮
你的背影，擦亮
每一寸寂寞……

2017年7月15日

寧靜海

江湖行草2

江湖客都是裸體的

割斷尾巴綁在刀劍上

讓疼痛失憶

讓月亮一夜流光了血

註：截自〈江湖行草〉海星詩刊18期主題徵詩

2017年7月16日

媜嫚
愛上詩人

一起愛上一首詩
那首詩會越來越偉大
一起愛上一個詩人
那個人只會越來越猥瑣

2017年7月16日

巧妙

無江

（武俠詩）

不為拔刀

只為一罈酒香

隔桌的

把眉放鬆

2017年7月16日

魚跳

王樂群
武俠－草上飛

風聲追趕腳步，小草

使勁把根扎得更深

躍起落下　躍起落下

蚱蜢伸了個懶腰

　　　　　　2017年7月17日

媜嫚
賴床

鬧鐘一響

一場靈與肉的拔河

便開始了

而死神在旁觀望……

2017年7月18日

靈歌
自島嶼出航

我只是，想把沉落的島嶼舉高
讓他眺望光速的世界
只想將閃電插進沉睡的城市
讓海上的雷，驚醒夢底層的昏聵

2017年7月18日

王樂群
蟬聲

吹著冷氣，聽妻數落
電費單愈來愈重了
沖個冷水澡，想不起
知了之後有些什麼？

2017年7月19日

娟嫚
致青春

青春是一枚棒球

它害怕被打擊

害怕未知的天空

卻渴望被看見、被追逐、被握住！

　　　　　　　2017年7月20日

邱逸華
不讓

為了奔跑，蹠骨盡可碎斷
唱一首自由之歌無畏喉舌血刃
建築明天的瓦房敲碎今日的高牆
黑暗就是最亮的光

2017年7月20日

娟嫚
信徒

據說點燃了線香禱念
願望會比較接近神
點燃了你抽過的菸
想成為愛的信徒

2017年7月21日

林錦成
字句的心跳

彈指蜻蜓點水

意念如水珠滴落荷葉上

離開鍵盤時

仍聽到字句凝聚的心跳

2017年7月21日

吳添楷
麵包男友

他喜歡將方型的男人
對折成塗抹奶油的手
幻想，婚姻是難以到達的邊界
愛是被框住的柵欄

2017年7月21日

林錦成
漂流
——致三鶯部落

怎麼接袮（祖靈）巨石般崩塌的眼淚，

匯聚改道於城市邊境的漂流……。

夜半蚊帳裡一隻蚊子　嗡嗡……

醒來！拍落原鄉的幻境。

2017年7月24日

忍星
耳環

偷聽了一些有關於我的

風言風語，綁成一束精巧

懸掛在洞穿黑髮的簷廊

你一呼息，月色便盪來一陣觳觫……

　　　　　　　　　　　2017年7月26日

張玟綾
梳

妳日夜爬梳縷縷青絲

重讀他寫的首首情詩　直到

白髮偷走青春

情詩失去記憶

2017年7月28日

邱逸華
餘悸

愛惜的羽毛漸豐

疑懼之箭括仍緊扣心弦

拉滿弓的風聲一送

武裝的關節，全鬆

2017年7月29日

曾美玲
失眠

一隻羊兩隻羊三隻羊⋯⋯一百隻羊⋯
成千上萬隻小羊早已跟著星星回家
數羊的眼睛
獨自流浪黑夜的草原

2017年7月31日

邱逸華
掰

可以剝開真相，瞎說也可以
目盲日久就能見到鬼
在陰陽交界愛情的淺灘
手都分了，別再見

2017年8月1日

邱逸華
斗笠

「君子不器」，卻將女人插電當吸塵器

以父之名澆涼水到孩子心裡

每一隻向他乞憐的碗缽

都唾成痰盂

2017年8月3日

林錦成
逆境

很多年都許一樣的願
在久未完成的拼圖裡技術性裝睡
好鞋輕輕走
露珠還是碎了

2017年8月4日

漫漁
倒帶

時間是一隻癡肥的獸

擁有全宇宙

卻不肯施捨

一回重播

2017年8月5日

龍妍
沐光的身影

循著偈語意象前進
一頭撞上渺渺梵音，鐘被叩響
我願捨去永夜的大靜
化身遊在紅塵滾滾赤火的木魚

2017年8月8日

邱逸華
數位疏離

總是兩個低頭沉默的側影對坐

手指忙碌，掌中喧囂

原來賴語更適於抒心

臉書的表情比真臉更有血肉

註：賴語意指用line傳話

2017年8月9日

陳玄
靈感

好喜歡走在妳背後

即使妳沉默如一枚地雷

我也自願當一名排雷手

我要隨時隨地引爆　妳

註：這首詩的靈感來自前輩
　　詩人洛夫名句〈當妳沉
　　默如一枚地雷〉。

2017年8月10日

漫漁
線索

我一路循著麵包的碎屑

來到你的門前

看到我自己

坐在那裡烤麵包

2017年8月17日

胡淑娟
飛翔

且不論
文字變成眼睛
還是　詩生出翅膀
反正都是視覺飛翔的羽毛

2017年8月19日

Gloria Chi

餐桌的距離

你我之間永遠隔著一張餐桌的距離

嚼食代替親吻　我一口一口吞下對你的渴慾

臨別的輕擁是一針麻醉劑

讓我安靜等待下一次見你

2017年8月19日

林錦成

逸興追日

翅膀中的山海經波瀾壯闊

慣看浮雲拆解自身流浪的密碼

鴿群飛成一支箭

把落日追得面紅耳赤

2017年8月19日

無花
茶裡

去年的春茶今夏的水

用昨天的心情賞今天的驟雨

當時的茶色今日獨飲

用初會的驛動品茶裡的餘情

2017年8月19日

成孝華
鐘聲滴答的秋

擾動的夏日正在離開
秋的風拂我，俯視我睡容
時間的夢緩慢流過我長髮
似水，藏在我枕下

2017年8月20日

靈歌
論某些扭曲的意象

文字跨上時光機

縱橫經緯

最怕途中跳電

墜落史前不毛之地

2017年8月20日

成孝華
扼住愛情的咽喉

斷掉的纜繩繫住你手

擱淺愛情的沙灘上

要來的是怎樣的苦痛，我離別

漲潮又將你徜徉的風帆鼓脹

2017年8月21日

邱逸華

事後藥

兩條蛇交纏後互咬

忘我之前忘了保險

承諾的薄膜一戳即破

撒旦說：樂園犯禁藥來贖

2017年8月21日

海燕
鑽牙

一再一再地挖深

妳藏起的每一個黑洞

然後百轉千迴裡

尖叫妳的痛苦

2017年8月21日

露珠兒
退化性關節炎

鐵軌過彎的螺絲鬆了，還來秋雨！

稍有不慎，出軌有如滑壘

雙殺完敗沒有季後賽

2017年8月22日

于中
生與死

所有的高速公路
都與時間賽跑
蝸牛的觸角顯示
能活著就好

2017年8月22日

林錦成
漁船

收錄魚和網子的洋流道上
低沉與高亢的悲喜
載沉載浮，是我
一生最搖滾的節奏

2017年8月24日

邱逸華
數位原住民

1與0的精卵，繁衍網狀複眼

少年蝸在家外掛，翻牆狩獵

失卻圖騰與歌舞的豐年祭

手指卻可以筆可以飯可以宅經濟

註：「數位原住民」（英語Digital native）指的是從小就生長
　　在有各式數位產品環境的世代；相對的概念為「數位移
　　民」（Digital Immigrant），表示長大後才接觸數位產品
　　並有一定程度上無法流暢使用的族群。

2017年8月25日

西馬諾
一片波浪多美，熱度這麼深

海灣的臉如波浪般遠去，你飄動
我燃燒，淹沒緊緊擁抱的沉默中
追逐一片身軀，穿梭你濃密的髮間
臉龐如此纏繞，聲音抬起我

2017年8月27日

張玟綾

人生

沒有回程的時光列車，闖入未知的奇幻旅途

悲歡離合是過程，春夏秋冬皆場景

咔嚓！按下記憶腦門，剎那即成永恆

笑過哭過愛過恨過；下車，就成上輩子的事了

2017年8月27日

張威龍
愛情的線

一條幸福的路有多遠？蝸牛慢慢的丈量
情愛怎麼說？海浪用一生的澎湃向礁石表白
承諾是一條細細的風箏線
只要不放手，風箏和天空永遠纏綿

2017年8月28日

高森

誤解
──改寫時雲希〈悶〉

那天，風流著淚時
淚的懷裡正拎著我的哀愁

而被路旁搖曳的野薑花
叼走的春天，再也沒有回來過

2017年8月28日

邱逸華
慶祝七夕

織女的眼淚穿越銀河滴在套不牢的戒指上
牛郎的相思熬過三季熟成一客肋眼牛排
我們樂於消費淒美的愛情悲劇，你瞧
天上人間到處是踩不穩的鵲橋

2017年8月28日

林錦成

晚上黑漆漆　不會就是會
——致七夕

一對棒針交叉說它們只會小心眼不會織背心

枝和葉說它們只會拌嘴不會吹橫笛

手機答鈴是達伶也說它最不會表明心機

不會的裡面住了一位情人哪

2017年8月28日

邱逸華
麥霸

他向轟浪學習如何拍蝕岩礁的空洞
模擬嗩吶鑼鼓吹打丹田裡肥大的寂寞
秋蟬都一齊止住了鳴唧
牢騷還霸著那一根麥桿，準備壓死駱駝

註：「麥霸」意指麥克風霸佔者，可包含兩種意思，一種是
　　很會唱歌的人（褒義），另一種是霸著麥克風不放，讓
　　聽者難受的人（貶義）。本詩採貶義。

2017年8月29日

陳玄
流浪者

我是一只陀螺

地平線纏繞上身

線頭那端

緊緊握在上帝手裡

2017年8月30日

靈歌
旅程

斷鍊中重逢，緊扣時失去
搬運每一個呼喊的語詞
在錯車時空格
在終站裡完整

2017年8月31日

魚跳

2017年9~10月截句選

邱逸華
念舊的詩

一行一行巡走詩的阡陌

有雨哭花的臉，有風搖小草的頭

而我屢屢回望，害怕忘記

那時種下的愛，萌出哪一個字

2017年9月2日

林錦成
理髮

厭倦環島一圈絲絲紛擾
臨鏡不由自主，剃下
凡塵半斤　油煙八兩
啊！好一顆千頭萬緒

2017年9月3日

杜文賢

痛

不過是想寫一首詩

我點亮一盞燈

槍都上膛了

眼裡有驚弓之鳥

2017年9月6日

呂白水
如果

如果天空是一紙畫布　想作什麼樣的畫

如果山巒是五線譜　想寫什麼樣的歌

如果大海是稿紙　想寫什麼樣的文章

如果人生就是筆墨　什麼時候下筆

2017年9月7日

林沛
局勢

時局躍空升起煙霧般朦朧的不明手勢

飄渺的神韻是善惡不分的闡釋

弓箭手瞄準巨鷹的眼瞳

繃緊的弦在顫動

2017年9月8日

林沛
隙

日子瘦成風也無處轉身
出走的右耳留下左耳
想象遠方有光
即使針　也穿不過天地的缺口

2017年9月8日

沒之
碑銘

草地上矗立一排排十字架

多數只是曾經的笑容對著遙遠

蝕刻一段紀念讓時間風化

青苔從離地最近的地方蔓延

2017年9月9日

林錦成
靠

靠山靠水靠市靠鎮靠這個靠那個

餓了會靠夭

累了會靠北

行至中途回頭只見你靠著自己的影子

2017年9月9日

吳康維
心血

小冰輕鬆舞著劍

你的心　飄下血花片片

註：微軟小冰《陽光失了玻璃窗》

2017年9月9日

成孝華
細雪

我將腳像筆尖一樣拔出

深深啄出一個個洞穴

裡面滿滿都是相思

一路繁茂走到你的所在

2017年9月12日

謝情
鞦韆

你用一個馬尾辮兩條繩

激盪我童年的歡笑

我用一支筆兩行清淚

點滴你暮年的心湖

2017年9月19日

無花
鳥語
——致大選預演

它和它們爭吵

它們只聽見自己的咆號

我從耳蝸清掃出

兩坨鳥話

2017年9月20日

Anotonio Antonio

十七歲的素描本

地平線上的紅燈亮了

妳停下來眺望的地方

黃昏哭紅了一隻眼睛

一邊走一邊消失的歲月

2017年9月20日

漫漁
眉

你熟睡的眉　是溫柔的彎刀

輕輕地挑斷

日子　就這樣

一顆顆滾落

2017年9月20日

曾美玲

月亮的四個願望（三）

伸出愛的長臂

擁抱

地球億萬年的荒涼

2017年9月20日

無花

鏡外

鏡外我們摸不到現在的自己
養妥的傷不等同於痊癒
鏡裡我們看不見後來的自己
結好的痂等待新的傷口慢慢來臨

2017年9月21日

王勇
轟炸機

稻草人，怔怔
盯著列陣撲來的
鐵翼，以為是：
上帝的十字架

2017年9月21日

張玟綾

夜，空

關上月燈，寂靜的夜心

清澈聆聽，星與星遙遠對望的呼吸聲

城市點亮喧鬧的霓虹，心迷了路

與你咫尺凝視，卻讀不懂彼此的唇語

2017年9月22日

靈歌
旅行

蒲公英是空中的漂流瓶
你的心情捲成詩裝入封印
讓風帶著你的緣分去旅行

2017年9月26日

漫漁
解謎

生命走過我

停步，轉身

給了一個說不上來的

表情

2017年9月26日

于中
世態

花開

開心

花謝

謝了

2017年9月29日

靈歌
練習

每一次曲折的轉身

都是臨崖的回鋒

2017年10月2日

李宗舜
我在

在脊椎傾斜的上方

有一首詩深情流放

渡過黃昏斑駁的夕陽

駐足在沒有風鈴的夜晚

2017年10月3日

靈歌
夢難醒

夜，磨一面墨鏡

夢自鏡中起床

掐住你的醒

2017年10月3日

王勇
圓月

這一天，月亮把臉吃胖了
被天底下的眼睛推來推去
這張圓圓的臉，怎麼看？
都像你我被捏腫的：童年

2017年10月4日

靈歌

讓

收起翅膀

降落時

小心別人的脊樑

2017年10月4日

胡淑娟
印

風在湖面上
細細打字
漣漪列印出
她摺疊的心思

2017年10月8日

邱逸華
鼠蹊

鼠輩行走的道路日益敞亮
欲望三角洲讓比基尼專利佔據
陷在陰溝裡的丁字褲，堅守
腹股之間微弱的裙帶關係

2017年10月9日

邱逸華
失聰

聽見電線裡電流的迴聲

聽出血脈裡血流的緩急

也清楚分辨人流中腳步聲涉世的深淺

而軟語秋波中妖嬈流動的，竟然無聲

2017年10月10日

蔡雲雀

雙十

飄雨的國慶

成了蒼天慈悲的淚珠

如此糾結的情結

能當頭一記棒喝後大徹大悟？

2017年10月10日

晴雨常瑛
詩雨

夢是傘

撐開我的詩

雨滴落下

又回到你心中

2017年10月10日

靈歌
生

每一條軌道都有定點來回的班車
每一雙眼睛都睜開日月星辰
他們走得很遠，未曾留下腳印
他剛一觸地，卻已震動長串經卷

2017年10月10日

寧靜海
浮

黃昏總是安靜的

看夕陽帶燕子們回家

山的背脊忽然曖昧

羅帳內，月亮扶著李白走入

2017年10月11日

寧靜海
夢

燈影背窗坐下
聽曇花在夜裡開合
愛我？不愛我？愛我？不愛……
零落的雪印　欲乾

2017年10月11日

鬍子
黑裡

黑裡可以聽見獨白

那些葉子

在季節裡一句句的掉落

2017年10月11日

莊源鎮
道德論

道德掛在竹竿上與風辯論

太陽戴著助聽器

勤勞搓洗的手發牢騷

2017年10月12日

Antonio Antonio

停格

外面在下雨

給我一根香煙好嗎

那與靈魂無關的流動

下了一整晚

2017年10月12日

邱逸華
陳抗

砍盡我的枯枝
也求不回失去的春意
以僅剩的一株嫩芽使勁朝天
乞討冰雪的誓言

2017年10月12日

無花
暮色

人影幢幢的歸路上

我們擁抱開始陳舊的暮色

沉寂的影終將被光捻熄

我們隱約還聽見彼此當時的驚呼

2017年10月22日

于中
雨傘

算你還有

丁點兒骨氣

一个人獨撐

天下間的浪漫

2017年10月23日

思語
秋

佇立山頭的少年有早秋的背影
這是個紛亂的武林
風挑起的恩怨情仇把青春給坐短
就在被吹散的落葉中飄零

2017年10月27日

邱逸華
自溺

無目的地飛，或許
會找到另一隻空巢的鳥
交換體溫，掩蓋落單的味道
酗酒，是為了遺忘酗酒的恥辱

2017年10月29日

于中
港口2

衝著我

而來

是一些山盟

海誓的擱淺

2017年10月30日

杜文賢
椅子不空
──劉曉波（1955-2017）

所有人站了起來

你還是坐不上去

他們搶先入座

要你相信　椅子不存在

2017年10月31日

2017年11~12月截句選

三

Jason Chao

故事

從蘿蔔糕或熱狗蛋裡挖起詩意
在週刊送到超商前承認抄襲
三點的悶熱腦裡有蒼蠅在轉
睡前記得刷牙再合上棺木

2017年11月2日

蕭芷溪
匆匆

我將衣服一件件穿大
草木向著陽光生長挺拔
我追著時間問：「去哪？去哪？」
母親的白髮笑而不答

2017年11月6日

蕭芷溪
媽咪

自從變成你的人形玩具

我就有了貓的倦怠，豬的呆滯

還必須得保持狗的機警

如鼠的膽才能夠安穩

2017年11月6日

孫晏起
夜色

夜有一個不好的習慣

將一切都染上了黑色

偶有孤星想打破這樣的憂鬱

卻反而讓人擔心它何時也會熄滅

2017年11月8日

王勇

心志

一大群人擁擠在廣場
吶喊，風穿梭在縫隙
感到從不曾感知過的

孤絕

2017年11月26日

于中
背景

遠看故鄉
是一幀近在眼前的照片

近看故鄉
是一個遠在天邊的地方

2017年11月27日

漫漁

一人份的日子

傍晚有雨，在傘下感受一人份的潮濕
推門開燈，沙發上體會一人份的暖意
陽臺望月，夜幕中品嚐一人份的浪漫
星光滿窗，睡夢裡想像兩人份的愛情

2017年12月1日

孫晏起
大夜班的風

總是在大家已然沉睡之時

大夜班的風才施施然地上工

它會用一片雲關掉沒有人在用的月光

然後在黑暗中吹著口哨離去

2017年12月5日

漫漁
觀色

葉子飄到哪裡，風來決定

風兒吹往何處，太陽決定

太陽是否露臉，雲來決定

今是多雲，還是雨，就看你的眼睛

2017年12月6日

于中
樹

同燈柱對望
是大煞風景的事
他像一根木頭
我卻有很多話要說

2017年12月6日

于中
火車

時間排列得井井有條

人潮也已陸續入座

只差那呼呼大睡的號角聲

夢的旅程就可以啟行了

2017年12月10日

王婷
許願池

她緩緩將雙腳對準圓心
再把手中銅板拋出最完美拋物線
池水不斷上升暴露金屬顫抖
湖心一陣喧嘩

2017年12月11日

胡淑娟
妳的眼

妳的眼是盈淚的水窪

若無其事的陽光

輕輕踩過

我聽到玻璃碎裂的聲音

2017年12月12日

張威龍
咖啡

在黑色的漩渦裡
尋找飄散的靈魂
喝下暗夜
黎明在腦海中甦醒

2017年12月12日

王引隱
截句

妳轉身

我

走出紫禁城的清朝太監

手捧著我的寶貝

2017年12月13日

王勇
螢火蟲（之五）

是誰？躲在背地裡眨眼

一眨，吃下一口黑夜

一眨，吐出一顆黎明

2017年12月13日

靈歌
已逝

一把傘，不遮日不擋雨
靠在二面牆的折斷處
收束著，二個不再想念的
影子

2017年12月14日

靈歌
失戀

已經風乾的人，再也沒有
百分之七十的愛意
水總是往回憶的路上流，那些低窪地區
我已很久，沒有下沉到底

註：人體裡的水分約占全身70%

2017年12月14日

王勇

煙斗

橫在口中的一根

扁擔，挑不動千古愁

星火的明滅

寫在煙霧的迷茫裡

2017年12月14日

胡淑娟

我執

妳的心是一口井
只有我這樣的黑夜
才敢推落月光
探問影子的深淺

2017年12月14日

宇軒
有人問我詩是什麼的時候

那些開在遠方的花
都長在你看得見的地方
在你草原在你心裡
在你身邊在你眼前

2017年12月17日

Chamonix Lin

戀人

鹿的犄角傲慢、斑點矜持
從眼裡的深潭朝森林狂奔
逃跑目的是就逮
將獵人釋放為遙遠的星座

2017年12月21日

于中
閒

月光照入門

的心裡

悶聲說

我的才華豈可自閉於此

2017年12月21日

胡淑娟

微波

是誰的眼睫

掀開兩口並排的深井

又將井水微波成一碗熱淚

盛裝在戀人的瞳孔裡

2017年12月29日

邱逸華
水族館裡的熱帶魚

穿游螢光珊瑚與水草

尋索一株海誓

愛的長寬深淺

不費尾鰭之力，觸壁

2017年12月31日

Sosos Ten

河流紀事

河流用一生梳理

地球的表情

沿岸收集人間的喜怒哀樂

檔案堆滿了海底的家

2017年12月31日

2018年1~2月截句選

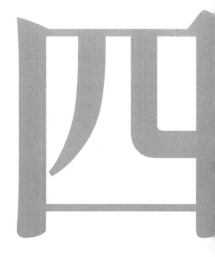

余宗軒
我喜歡和你吃一碗麵

你的臉湊過來的時候

湯碗裡盛了二張半臉

你的瀏海正在偷偷親我

你不要以為我不知道

2018年1月6日

靈歌
輪替魔術

煙火在掌中斂翅

所有的夜都是魔術

今夕登臺的掌聲

只是去年此時散亡的唏噓

2018年1月6日

漫漁
國家機器

齒輪開始轉動

小螺絲們戴上帽子，忙碌鑽營

釘子任錘子敲打，從不過問

自己造的是棺木，還是十字架？

2018年1月9日

木子
煮水品茗

等水嗨到最高點

就可以解放憂鬱的葉

在她舒筋展骨之後

我將細細聆聽她的一生

2018年1月9日

張穎
微涼

整個城鎮種著行行的雨
我的你的他的墜落日常
淅瀝淅瀝摩訶淅瀝，大悲分解
迷與悟，涼涼的心甘滴著情願

2018年1月11日

劉正偉
鼓風爐

愛就要一起鼓風，發爐

凜冽寒冬裡，我們蓋棉被

架上乾柴烈火，妳推我送

愛的鼓風爐，就會風風火火

2018年1月12日

和權
月兒彎彎

黑暗遼闊又怎樣？

詩在哪裡

就亮到哪裡

2018年1月14日

呂白水
正義的疑問

斷氣的問號

沒有因為答案出現

倒下

2018年1月16日

蕭芷溪
往事

昨日跳出與我對酌

你的名字緊緊抓住我的耳朵

2018年1月17日

蕭芷溪

愛

如同穿透歲月的清風

從未結束旅行

2018年1月16日

張穎
愫

海有一種情調
開不開心都洶湧
月，是他的生物時鐘
沒有渴望，卻註定相愛

2018年1月18日

語凡
江湖在那裡

是雨落的髮上
還是魚游的眼中
是你我結伴同行的長街
還是冷天裡共擠的單人床

2018年1月18日

語凡
遲到

等花謝了才發現花開

等海唱歌了才發現船

等風起了才發現飄散的髮

等夜深了才發現沒離開過的家

2018年1月20日

蕭水順

沙與漠

如果能把累世的

眼裡的沙

取出、鋪放

漠漠相連就是這一生奇特的景觀

註：

1.南朝齊・謝朓〈游東田〉：「遠樹曖阡阡，生煙紛漠漠。」
　（漠漠，隨意散置貌）

2.唐・王維〈積雨輞川莊作〉：「漠漠水田飛白鷺，陰陰夏木
　囀黃鸝。」（漠漠，密布羅列貌）

3.唐・杜甫〈秋日夔府詠懷奉寄鄭監李賓客一百韻〉：「兵戈
　塵漠漠，江漢月娟娟。」（漠漠，灰濛昏暗貌）

4.宋・秦觀〈浣溪沙・漠漠輕寒〉：「漠漠輕寒上小樓，曉陰
　無賴似窮秋。」（漠漠，寂靜無聲貌）

2018年1月21日

蕭水順
退休日

箭射過來的那一刻
作為靶的我一點也沒有迎上前去的念頭
昨夜吐落的口香糖有些黏性又不太黏
有些甜味又算不上甜

2018年1月22日

蔣錦繡
退休日

黑夜搖醒日光
遠山喊住路過浮雲
野菊拉長久未伸展的懶骨頭
說　未來24小時沒有活動

2018年1月23日

靈歌

一大於無限

大寂靜

凝聚無法逼視的浪尖

緩緩刺進

讓汪洋的喧嘩失聲

2018年1月23日

語凡
笑而不答

海呢　天呢　陽光呢

歪頭想著心事的人呢

眼呢　耳呢　心呢

海在笑　天在問　陽光如初

2018年1月24日

蕭水順
面對曠野

不知是有心，還是無意
我丟失了父母、祖輩
丟失了久已不用的脾腎心肺
面對純真，我拿什麼還給曠野？

2018年1月24日

杜文賢
其實・不難

字淨空了

哪裡躺下都是詩

而，菸

繼續在行之間排隊

2018年1月25日

語凡
山中一夜

當我睡著的時候

山在翻身

樹葉把我蓋滿

直到我是一身青苔的頑石

2018年1月25日

胡同
缺席

椅子坐著陽光

陽光望向窗外

窗外跑出一道風箏

風箏原屬於椅子

2018年1月26日

靈歌
季節此刻

總有誰

在最後時刻推門而入

窗外朱槿豔紅

我們都沒有說話

2018年1月26日

邱逸華
機場

青春出境，入境已風霜

無法託運的行李

沒有一程不超重

哪架飛機落地不成黃葉

2018年1月28日

王勇

虛名誤

假若名片膨脹成墓誌銘

那方碑石需要超大尺碼

才容得下所有頭銜棲身

擠不進去的靈魂跌出碑外

思語
火葬場

不管人生幾分熟，這裡都是一副骨頭

2018年1月31日

胡同
夜雨

一絲雨著地，開一朵花

讓祝福也有了聲音

即使愛情在他處結果

2018年2月1日

蔣錦繡

寂寞的閱讀者

孤讀　寂寞的成長史

幾頁在掙扎

幾頁無語

還有　幾頁　　濕透離人的眼

2018年2月1日

白世紀
為了株含羞草

許多不能吃的問題無緣無故掉進蛛網裡相偎取暖

落葉們有意無意地都在模仿這經典的參拜動作

一隻甲殼蟲被風涼話笑翻後再也沒起來

到底誰霸凌誰了？反正樹蔭下全是看熱鬧投機的鞋印

2018年2月2日

思語
報紙

陳年往事包裹的猪肉

今日頭條還血跡斑斑

2018年2月4日

邱逸華
挽留

承諾還剩撕碎的協議書
一桌隔夜飯菜，一張過期保單
吞下的詛咒游到子宮著床
培生骨血完整的寂寞

2018年2月4日

漫漁
愛情墳墓

自己的坑挖得夠深
用半輩子的時間
把廢土一點點藏起來
為對方彌補破洞

2018年2月5日

黃士洲
君子

生活是一條管

再怎麼曲折拐彎

穿梭而出的水

還是　直

2018年2月5日

詹澈
立春

立春，雨把姿勢放軟了

紅日遲遲，還似深冬結痂的傷口

左右搖擺的夢境，有聲音潑啦

看見童年騎在牛背上，從水中走來

2018年2月8日

晴雨常瑛
葉子

承載風雨刻劃

年輪寫進脈絡

不為誰凋落

永遠準備啟程

2018年2月9日

蔡永義
留白

潔淨的賀茂川
像一捲滾筒紙
輕輕地擦拭四季
粉櫻、新綠、楓紅、雪妝

2018年2月10日

宇軒
你如一座海消失

再沒有如魚的唇

夕陽早已遊很遠了吧

屋外透明的雨全收進傘

風想不起什麼繼續吹

2018年2月10日

莉健
指甲彩繪

打翻顏料在這小小十間房
光亮地板植栽不凋謝的花
圈養不飛的蝴蝶
在城市裡招搖

2018年2月10日

蜜多王羅
勼勼虯虯

年兜寒gí-gí

平平鹽酸草

囡仔嬰干但勼勼

大餅面，虯虯做一毬

註：

勼，kiu

虯，khiû

2018年2月11日

語凡
背影

那些越走越瘦的背影

最想捉住回眸的你

有的被眼淚洗去

有的被遠方收走

2018年2月12日

莊源鎮

空

灰塵

緩緩落下

那麼溫柔的覆蓋

你曾經的萬丈光芒

2018年2月13日

Yap Sing Yeong
浪漫不再

黄昏瘦了
你是嫌犯
雨夜增肥
你是幫兇

2018年2月15日

忍星
紀念碑

雷裁切過，雪糕躏過
血淚低身親吻過
種在道德的駝背上
一顆圓形的，腫瘤。

2018年2月16日

蕭水順
飛龍在淵在天

二月二，我蛻下了九斤九的皮

他們成群圍繞、觀賞

成群，急急尋找不屬於我的翅膀

註：本詩原題〈詩的原因〉

2018年2月17日

Yap Sing Yeong

分手

把你的氣息留在伺服器

回收箱是情信最後歸宿

手指餘溫在刪除鍵徘徊

2018年2月18日

殷建波
輕蹄如雨

請聽我那紅塵中伸展的馬蹄

如何在千樹萬葉上起落不停

2018年2月18日

殷建波
生日

抹掉星星滿嘴的奶油

燭光圍成圓圈

笑著、哭著

將對方吹熄⋯⋯

2018年2月18日

寧靜海

枯

農人流下兩行淚
一滴落在秧苗上，一滴進了旱地裡
烈日徵收他的汗
商賈只想吸乾他的血

　　　　　　　　　2018年2月23日

詹澈
叮嚀

夜裡，母親蹲著貼聽，瓜果長大的聲音
細胞在分裂，皮網在擴散
種子在變色──我蹲在她的肚腹裡──
中年了，我跪在她骨甕前貼聽那叮嚀

2018年2月24日

郭瓊華
擇

停與飛之間，
不過是轉瞬的從容與鼓翼
噤與鳴之別，
不過是山澗的傴息或奔騰

2018年2月26日

Chamonix Lin

文明

我們露出肩膀和小腿裝飾夏天

同時繼續寫詩，隱藏心的赤裸

2018年3~4月截句選

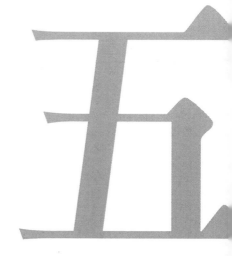

殷建波
有時候

有時風在空中凝固
為花瓣留住愛戀
有時雨會掏出老照片
濕濕地吻上幾回

2018年3月1日

蜜多王羅
捧花

三月，風鈴花
文文仔落小巷
捧花人觀三工
戇戇仔笑一冬

2018年3月4日

和權
養在詩中

情愛啊，人海中的
游魚。有的被釣走，有的
遭大吃小。只好，養在詩中

2018年3月5日

Argers Jiang

搬家

妳喜歡的那個眼神
比星子還閃亮。
餘生，我
只想搬進那裡面住著。

　　　　　2018年3月6日

成孝華

想家

入夜後，往事都出來乘涼
絮叨長堤越來越長
都可以繫著家鄉放風箏了

2018年3月6日

蜜多王羅
眼神

予手機仔誘拐去的目睭，神神

佇光滑的身軀頂，攄袂停

發甲三丈懸的刺查某，扭來扭去

青錦錦的目睭，鬼鬼，一直睨（gîn）

2018年3月9日

邱逸華

愛情無理而 π
──為「白色情人節」與「圓周率（π）日」而寫

愛情囚我們為一個圓

站在圓心，讓雷電雨火穿過

笑與痛橫切縱劈，無理而超越

算計我吧！唯愛能證明無限

註：3月14日除了是白色情人節之外，也是「圓周率（π）日」。π 為圓周與直徑的比，是一個除不盡的無理數（3.1415……）。

2018年3月14日

林錦兒
吸露水

詩人眼睛站臉的一半

鼻子站眼睛一半

時常像斷尾的壁虎怔怔

寫到日月無光，吸露水維生

2018年3月16日

靈歌
愛恨

刀口都捲了，還沒砍下一棵樹

不是攔腰截斷才稱為傷口，不是傷口才分得開愛恨

因為恨，早已一刀兩斷

而愛，用倒捲的刀口阻擋

2018年3月16日

周駿安
暗戀

一個人的捉迷藏

自己躲著

自己找

2018年3月17日

胡淑娟

傷口

歸雁劃傷天空

彤雲流血

每一吋夕光

都是敞開的傷口

2018年3月17日

露珠兒
臉書世紀

我們的動態，不就是秒出生死的那句
「如露，亦如電」
心頂真，真若一盞茶的餘味

2018年3月18日

Eddy Chen

舊手機

靈魂轉世去了

只留下空殼子

2018年3月19日

露珠兒
詩手

你把字打開，起出它的心臟
想修繕它的神祕，讓人好懂
字沒有陰晴圓缺，也長不高
但愛你的手摩挲它的方式

2018年3月20日

胡淑娟

寂靜

寂靜應該是個黑洞

吸盡所有的聲音

唯有詩的翅翼

逃了出來

2018年3月20日

Eddy Chen
靈感

那群野獸

蟄伏在闃闇的森林不吭聲

我擎起獵槍

想知道槍快還是牠們腳步快

2018年3月20日

黃士洲
夢

剛剛被偷了一把椅子

竄逃聲跨越文心路的安全島

六年前的父親還坐在椅子上

兩聲淒厲的吶喊從眼角追去

2018年3月20日

項美靜

夜在耳鳴

找一個衣架把影子掛上
不勝酒力的詩合衣而眠
只有洞開的窗
獨自風景著風景

2018年3月21日

林靜端
沉香

從傷口

孵出的

蜜

2018年3月21日

丁威仁

活著好難

我的非死不可裡

滿滿的死

滿滿的紀念死

2018年3月21日

和權
泡影說法

透過一張遺像，才看清楚
佛陀嘴角的笑。明白昨晚的
曇花，講些什麼。知道泡影
原來都在說法

2018年3月23日

胡淑娟
後現代

雨點在空中

歪歪斜斜

寫一首後現代的詩

遭遇舊傘的強烈反彈

2018年3月25日

靈歌
曾經相識

總有誰

在最後時刻推門而入

窗外朱槿豔紅

我們都沒有說話

2018年3月25日

漫漁
暮之花

覺得綻開過了，便安心地凋去

瞥了將沉的太陽一眼

才發現自己從來沒有

燦爛過

2018年3月29日

靈歌
愛情

燈下，他睜大老花眼
將皺紋，瞇成一條線
對準另一雙暗淡的
瞳孔，穿針

2018年3月29日

和權
火柴

大火

燎原

詩，就是那一根火柴

2018年3月30日

綿綿
鼓吹春天

孤挺花伸長脖子

鼓吹春天

不孤獨，三三兩兩

拉住風一路叭叭叭

2018年3月31日

宇軒
白開水

喝下最瘦的思念

還是會肥

2018年4月7日

項美靜

又聞白果香

杏葉黃了　銀杏熟了

老漢笨拙地剝著白果

就像當年不安分的手

剝開她　旗袍上的那粒葡萄扣

2018年4月8日

侯思平

飛鳥

從你的國度開鑿一條幽僻的路徑

架上夢途輕佻的月色

一路暗香，一路漣漪，以恆常的歡喜

躑躅時日

2018年4月9日

寧靜海
慢性自殺

帶著無法轉述的病情
你佯裝健康的人
藥袋裡有求生歡歌
　　——死了，都要愛

2018年4月9日

胡淑娟

射

日子是倉促的箭

拉開歲月的弓

射出了

詩的翅膀

2018年4月9日

胡淑娟

黎明

微光剖開

東方的喉嚨

從破了的皺褶裡

擠出細細的鳥聲

2018年4月10日

蕭水順
所謂生態

我抖我的枯枝的同時，你綻你的豔紅

我綻我的豔紅，你凋你的敗葉

我是人我反核／你燒你的乾淨的媒／她以愛發電

2018年4月10日

蜜多王羅
天書

敢若犁頭湧暮色，畫草菅

愈畫愈烏毋知欲按怎

規氣颺頭搵星光，閃爍爍

一筆掃過hiànn爿山

註：

渮，kō，沾，蘸。

菅，kuann，芒草。

颺，iānn，飛揚。

2018年4月12日

洪銘
綻開

來吧！朝我胸口開一槍

悲傷的深淵　能吞噬子彈

如果傷口不巧湧出鮮血

別慌！僅僅是愛在枝頭初綻

2018年4月19日

胡淑娟
滴

春天以撩人姿勢
靈魂受不了引誘就融了
弄皺一池水影
連窩藏的鳥聲也滴了出來

　　　　　2018年4月19日

劉曉頤
偽春天

你是我靈魂大漠的偽政權

捨身卻又棄邦而去的領袖

叮鈴鈴駛過的天光列車——

汽笛聲中都是青鏽斑，像骨灰灑向春天

註：原詩〈你是我搖搖晃晃的山海經〉，原
　　刊於《乾坤詩刊》，收錄於《來我裙子
　　裡點菸》。

2018年4月20日

蘇紹連

截然
——在書房裡論截句

上半截時間討論白居易怎麼截樹

下半截時間討論六祖怎麼破經截竹

截去的部分和留存的部分

都是用街頭上買回來的同一把裁剪的刀

2018年4月24日

忍星
石不語

水流嘻笑我的木訥寡言
青苔呵癢我的固執不化
陽光扒光我全身的，綠
沉默，是最清亮的喉音

2018年4月24日

雲朵
紫藤截句

如雨的語音輕彈而下
每一片花瓣都在微微沉睡
像串珠暈染無數淡紫，我的那一個
夢，偷偷躲在星般閃爍的幻影裡

2018年4月27日

王勇

皺紋

手從臉上伸出來
臉上滿是抓痕
路從掌上走出來
掌上皆是阡陌

2018年4月29日

王勇
豆花

吃不到豆腐

就吃你

你是我

入口即化的故鄉

2018年4月29日

詹澈

煤

那個無賴神氣的說我乾淨

我們在火爐裡轟然竊笑

已在地層裡汙黑了樹的年輪一萬年

再黑，也只想能溫軟寒冬的人間

2018年4月29日

魚跳

2018年5~6月截句選

靈歌
新聞之誤

坐看

一卷膠布

如何封住

整座山谷的回聲

2018年5月1日

成孝華
對立

任何對立都在不承認對方中成立
你倒影你的天，我倒影我的山河
偶爾一場龍捲風
是多麼瘋狂的溝通

2018年5月1日

胡淑娟
母親

妳曾笑過

像一重山揹起整個太陽

也哭過

像一座海哭出一枚月亮

2018年5月2日

賴文誠
通訊錄

忘了你遺失在日子的

哪一頁，我逐一翻開的

是你不斷

闔上的每一天

2018年5月3日

葉莎
策略之一

呼喊無益

選擇潛移就好

將巨大的黑暗悄悄鑿洞

等待漏盡或是默化

2018年5月3日

鐵人
婚戒

圈　套

上兩個，生活

2018年5月4日

漫漁
婚姻

把彼此的祕密拿來

砌牆

我們的堡壘就這樣

固執起來

2018年5月4日

楊子澗
談詩
——答林靈歌談詩

有些詩，伸出手

把意象的池水渾濁

有些詩，八爪

掩住讀者的眼耳口鼻心

2018年5月4日

葉莎
提煉影子

怕火的人
喜歡提煉影子
預習虛生實死
而且不倒下

2018年5月5日

洪宛君
孤獨

你　充塞整個空間　成了我的孤獨

2018年5月5日

靈歌
談詩

有些詩，伸出手

拉拔跌落井中的讀者

有些詩，是夜鷺

清澈的水中入定，只等一啄

2018年5月5日

忍星
共鳴

每滴雨滴在夢的屋瓦

跳下來的

蛙聲，尋找

池塘黑壓壓的　雷鳴

2018年5月5日

杜文賢
夢見詩

迎面來的文字如芒刺

驚醒後　　渾身是血

摸摸自己

一半的身體還在夢裡

2018年5月5日

白世紀
油菜花田的簡單概念

生活線條從容些

時間的階梯可長或短

只有故事不陡，彎彎曲曲

2018年5月13日

王勇

疊夢

在夢土上疊棉被
一層一層都是童年的
體溫，溫暖著你我
瘦成天涯的影子

2018年5月17日

靈歌
門

踏進窄仄巷弄

二邊密密麻麻的門壓迫過來

有些是你的過去，有些是你的未來

你加緊腳步而忘了現在

2018年5月17日

蕭水順
歷史的重複聲調

我心底旋起的颶風

或許可以飄動山外草葉　　那顆

你未照面的露珠

或許，佛經也有類似的梵音吞吞吐吐

2018年5月19日

王勇
脫俗

總有鐘聲撞斜晚歸的山徑
群峰比肩
托起落霞的羽衣，一絲
不掛的夜，起舞弄倩影

2018年5月20日

蕭水順
彰化孔子廟前那棵樹

弦歌裡的美，美裡面的天真

天真中的笑，笑裡面的仁

都屬於孔子廟的某一根廊柱

廊柱對比出的蚯曲才是我的一生

2018年5月24日

白世紀
當你想起我的時候

定是一首詩剛好入冬

有誰移過蘭花的靜影

把兩個名字種在窗前了

2018年5月26日

露珠兒
春望

沒想說念了蝶就莊周了
可風塵僕僕了，還在此岸
這島嶼自自冉冉地紅了
綠過的也都忘了　　綠

2018年5月27日

項美靜
蝴蝶

和夢有著相似的輕盈
輕盈的羽翼上躺著喝醉的雲
若不是雪在紛飛中幻化成精靈
你怎會一展翅便淒美成傳說

2018年5月27日

王勇

望鄉

他把鄉愁壓成潤餅皮

很薄很薄像極了那層

一捅即破的窗紙

窗洞裡，總有望不見底的眼眸

2018年5月29日

賴文誠

保溫杯

滿出來的水

很快就冷了

如同那些

你多餘的承諾

2018年5月31日

王勇
金盆洗手

騎著木馬，揮舞

竹劍，闖蕩童年

臨老，倚靠門欄

看夕陽捲走江湖

2018年6月1日

譚仲玲
貓

慵慵的把身體倦成一種懶姿
瞇起的雙眼常作惺忪
人間總喜為貓添個「醉」字
世界又何妨朦朦朧朧

2018年6月1日

林廣

意象之死

他擔憂有人看到自己破碎不堪
詩句。無法散發奪目的光
才用蟬聲熱熱掩飾冷
再用雪花冷冷覆蓋熱

2018年6月4日

李昆妙
懼高症

一路拔高一路尖叫的
髮，到最白那裡
用力往下一看：啊
青春！

2018年6月5日

西馬諾
僅剩半個夕陽彌漫，
時間閒下越冬與濃霧。

秒針滴落鳥鳴的憧憬

記憶迷宮像酗酒帶著咳嗽

時光裡的空白不說一句話

把黑夜一塊塊絞碎

註：讀石黑一雄被埋葬的記憶，有感

2018年6月5日

李昆妙
母親

妳那件縮水的晴天
一直掛在我的陰天外面
收了
怕雨就會真的下下來

2018年6月6日

胡淑娟
空降

朵朵烏雲起了凡心

垂降人間

紛紛成了

雨中漫步的黑傘

2018年6月7日

熊昌子
泡麵

等到學會放軟身段

大家就喜歡你

2018年6月8日

余境熹
孤獨

邁證集

遷筮垺脧舷貁瞳

脧魏詰衶濼

伆魏詰衶笈禢

2018年6月8日

林廣
髮夾

漸漸，咬不住
青春的荒蕪（就算鯊魚夾）
終於，夾不住遠方海洋
美麗的波浪

2018年6月9日

成孝華
雨也在你家嗎

其實一切都還沒有名字

其實想像都是佛洛伊德的玩笑

愛、不愛、有點愛……

雨下得很大，心淋得濕透

2018年6月11日

成孝華
舞

天黑了多久
我只知道
探戈鳴亮了裙擺的皺紋
夜，被甩在星空下

2018年6月12日

沐沐

久別

這家咖啡館的桌面也太寬了

正想開口說些什麼

妳卻輕咳了一聲

2018年6月13日

蔡瑞真
晾記憶

拿出衣櫃裡他的襯衫

拉拉肩線，順順衣領，做做夢

甩一甩

再把記憶晾起來

2018年6月14日

蕭水順

我的篤信

牆上的弓

不會成為杯裡的蛇

而且牆上的弓不擅記憶

風中響或不響的箭影

2018年6月14日

賴文誠
停詩間（四）

仔細為面無血色的詩

化好妝，我希望每一具

壽終正寢的詩首

都神態安詳

2018年6月21日

賴文誠
停詩間（六）

思緒低溫的停詩間
躁動的意念或許不再
輕易的，發生詩變

2018年6月21日

號角
雨季

一睜眼就跌入氾濫的雨季

雨水中崩出千萬只蝌蚪

散落的竹葉從不留意水深水淺

只默默釀一池午夜，蛙聲

註：於達本禪寺

2018年6月22日

寧靜海

那羅有光

看見溪澗飛翔的姿勢

有兩座山彈出雲霧

更遠的山接住了它們

天與地之間　光在膨脹

2018年6月23日

魚跳

林廣
第二月臺

沒有月亮的月臺其實不適合別離
平行鐵軌總將夢送到不同的天涯

2018年6月23日

詹澈
阿爸回去了

他藍色小貨車的前燈，以七十八歲的速度
經過山下的橋，我必須再思考彼此距離
那時，我們剛決定放棄承租的土地
不久他就老去了，車燈還在我前方亮著

2018年6月23日

號角
童年

每年，雨水都沿著古老的樹皮滑落

沿著磚瓦，沿著雨傘，沿著情人的眼角滑落

可是那年，拔了扔到屋頂上的乳牙

就再也沒有掉落下來

註：兒時換牙期，長輩會命孩子把脫落的牙齒拋到
　　屋頂上，並有「下牙扔屋頂，上牙丟床下」
　　之說。

2018年6月24日

王勇
分身術

鋸子鋸下的一瞬間

所有的眼睛都吊在半空

鮮血，並沒有流出來

但見一首截句：問世

2018年6月25日

詹澈
駝著沉重的夕陽

蒼老的山和山谷，岩壁偶有貝殼化石
雲母色的雲，向山腳瘦著彎腰，拉拔起
童年的炊煙，已逝的母親還蹲在灶口燒飯
彷彿農民的背影還駝著沉重的夕陽

2018年6月28日

張子靈
海灣落日

海灣是一條華艷繽燦的幡巾

迎風過道

幾分鐘絢爛的葬禮中

我讀完了半邊夕陽的遺書

2018年6月30日

魚跳

截句競寫得獎作品

壹、【小說截句】限時徵稿評選報告及得獎作品十首

主辦：聯合報副刊

合辦：臺灣詩學季刊社

策劃：聯副文學遊藝場、facebook詩論壇（https://www.facebook.com/groups/supoem/?fref=ts）

一、【評選說明】

　　由聯合報副刊主辦、臺灣詩學季刊社合辦，聯副文學遊藝場、facebook詩論壇策劃的「小說截句限時徵稿」，自11月5日至11月30日止，共收到來稿近三百篇，由駐站詩人白靈、蘇紹連每周選出15首以內入圍作品，四周共選出約60首入圍作，最後決選出10首優勝作品，今日與facebook詩論壇同步發表。

二、【評選報告】

詩意和小說味的抉擇

蘇紹連

　　截句詩，這種規範了形式和方法的詩創作，是在基本的原則上漸次修正及擴充展延，以不違背詩創作的自由精神，走出一個大家能共同約定並被認可的創作方向，而詩人們依自己創作的理念可以一起走，或是拒絕走。創作既是自由的，每個方向都可走，都可思辨其優缺點，但一個優異的詩人，不管走在什麼方向上，都應能創作出優秀的作品。截句詩，也必然會產生優秀作品。

　　詩人白靈對截句詩的推展胸有成竹，他先約定截句詩的行數限制，務必在四行以內，再擬定兩個截句詩創作方向，一個方向是完全自己新寫的截句詩，另一個方向是從自己的舊作或是從報紙新聞文字、或是從他人作品（如小說、散文等等）截取短詞、短句，再擴展為自己的詩，但詩末須註明截取詞句的來源。

既要有詩意，也要有小說味

　　第一個方向是自己原創的，當然不涉及寫作源的問題。第二個方向則顯然是一種借用、取用的寫作方式，故得註明詩作中詞句元素的來源。這次「小說截句限時徵稿」的第二個方向，是從已發表的小說中截句，看似簡單容易，但要成為一首詩，不是用幾個截取的詞句組成而已，它尚須通過詩質的檢驗和把關。

　　想要按第二個方向這項規定，就要先讀小說，再截取小說裡的詞句。但一部小說，少則短篇數千字，多則長篇十萬或數十萬字，從中截取幾個文句為基石，再搭建為詩，這樣產生的詩作，我們不敢相信會和原來小說有什麼對應關係，甚或會超越原來小說。我倒是認為從小說中截取的詞句，是用來作為詩的酵母，以酵母衍生詩句，再培養成為截句詩。我們認為，當詩作冠以「小說截句詩」之名時，必得呈現兩個特性，一是特別有「詩意」，二是特別有「小說味」。

　　依據這兩個特性，我們在選擇詩作時，有了以下兩個考量：1、從小說裡截句而寫成的詩，可以不具小說特質，但須具有詩質。2、自創的小說截句詩，則先看看是否具有小說味，否則怎能稱「小說截句詩」？這樣的考量，在近三百篇的詩作反覆的閱讀之下，真的是一種新奇的選詩經驗。只是到後來，難免把兩種考量都混合在一起，既要有詩意，也要有小說味。

應離不開小說的基本元素

　　詩意，在句子分行時即已開始，句與句之間的斷連，行與行之間的轉折，意象的呈現和意境的鋪設，都是表現詩意的地方。而小說味呢？精簡到只在四行以內的詩，能辦得到嗎？或許我們可以引用完形心理學的理論來解釋，即「部分之總和不等於整體，因此整體不能分割；整體是由各部分所決定。反之，各部分也由整體所決定。」一篇小說是整體的，幾行截句詩是部分的，所以是否有小說味，其決定，是在於閱

讀截句詩時，讀者是否能填滿詩作背後的小說形貌。

　　深一層說，我們的抉擇是這樣的：一首小說截句詩，應離不開小說的基本元素，即人物（角色）、事件（情節）、時空（背景），縱使詩句只有幾行，卻能帶入小說的元素，並具有懸疑性、衝突性，給讀者一種往下讀的期待，企盼見到故事的過程和結局，這就是一首可讀性極高的「小說截句詩」。也許截句寫的，只不過是發展故事的端倪，或是曲折情節的片段，或是描繪人物造型的線條，或是對話的幾句側錄，或是背景中的幾樣細件，但因為有了成為小說的可能，我們則會對這樣的截句詩特別給予青睞。

　　由於詩作很短，才四行之內，能與詩作內容相關聯而具玄機之處，只剩題目而已，所以題目相當重要，它像是詩作內容的鎖孔，適合任何一把鑰匙，讀者要理解詩作，可以從題目插入自己打造的鑰匙將詩作開啟。對於「小說截句詩」的解讀，更需要從題目進入，當你打開鎖以後，或許真能看到一首詩裡有小說精采的眉目。

深入事理與心理

　　白靈和我共同擔負了這回選稿的責任，徵稿期自
11月5日起至11月30日止，在「聯副文學遊藝場」進
行，每周複選出約15首以內的詩作，四周共約60首，
徵稿期結束後，我們再從中各選15首，統計得兩票者
有3首，確定入選，最後白靈和我再從一票中各自推
薦3或4首，合計10首作品為本次徵稿活動的入選作
品。這10首作品，相當精采，充分契合了小說截句
詩的特色，內容則深入事理與心理，非流於表層的
敘述。

　　白靈對以下六首作品的解讀是：簡玲的〈僧人〉
「過去種種如楔子，寫在篇首，一翻開很難略過，日
夜統一之難，說的是修行不易、血肉超越的困頓。」
無花的〈問神〉「筊如兩枚新月，正正反反正反反
正，各有其意，神也只能半綻天機，餘仍得有緣有心
人續寫。」也是無花的作品〈單車戀〉「景舊人去記
憶在，『浪捲走的臉』在海水與風中，使過去年輕騎

車途經此港灣的她充滿懸疑性。」胡淑娟的〈婆婆〉
「婆媳問題永遠是大問題，鏽刃刮鱗、再將之烤焦，
狠心難測，分明充滿妒恨。末二句說的是藉看透人
性，在時間之火中灰燼與舍利無別、何不自我提升的
轉念方式。」綿綿的〈板擦下的青春〉「師生戀的風
月故事永遠在各地發生，女孩青春有時因此虛度，
『藏在一座庵』可能虛寫，也可能是事實，表示化渡
之難，而青春已如粉灰被擦去了。」艾士德的〈批發
服飾的挑剪〉「詩則著重在過去膚觸祖母粗手能挑盡
柔毛中雜絮之能耐，對比出祖孫心中雜念多寡之別，
也暗示了昔今時代的單純與多元。」另外四首作品，
由我解讀如下：魚肉先生的〈對面的鄰居〉「人的世
界是由話語建構起來的，話語怎麼樣，世界就怎麼
樣；話語和刀一樣都可以殺人，有人用之而惹事，
有人卻將之藏匿，以便成為日後解開小說真相的證
據。」一點的〈望〉「細緻的現象描述，使小說中的
人事物更具體可感，而意象的營造，讓現象更為深
刻難忘，透明星球的隱喻也帶往一個奇幻小說的境

界。」許哲睿的〈傘〉「這首詩的小說情節可能不複雜，寫兩人從相遇到分開，從春天到秋天，從美滿到破碎，僅以一把傘的變化為隱喻，表達很細膩，但如何讓詩中更具小說味，則有待讀者發揮想像力來填補。」林瑞麟的〈數學〉「主角的成長過程中，其背後的影響人物是母親，而母親是助力，也是阻力，兩者拉扯之下，再怎麼算計，女兒的身體與愛情都已無法挽回，母女兩人的衝突一觸即發，應是小說中表現人性的亮點之處。」

今年截句詩的創作活動是詩壇大事，從年初到年末，創作不斷，「小說截句詩」是最後一項，力求詩意與小說味兩者相互混搭，這種創作形式的推展，其實最終受益的，不是小說，而是詩創作，它把詩創作的幅員擴大，讓詩人們多了一個寫詩方向，也添加了詩學研究的新風景。

2017年12月18日

三、【小說截句】得獎作品十首

駐站詩人：白靈、蘇紹連

1. 魚肉先生Mr.Fish〈對面的鄰居〉

人們都說　你是殺死他的兇手
而我只不過把那些話語及刀
都收在抽屜裡而已

註：採用方向（1）「自創小說成詩」。

2017年12月4日

2. 簡玲〈僧人〉

年輕的身影，走進來走出去走出去走進來
血肉出了家門，光與暗，滿與虛，嵌入楔子
十年前是人，十年後是僧
白日，他是僧，黑夜，他是人

註：採用方向（1）「自創小說成詩」。

2017年12月4日

3. 一點〈望〉

某些事你以為很亮，其實很深
光和重力全部凝聚在
臉頰上滑落的
一顆完好的、初初形成的　透明星球

註：採用方向（2）「截取小說成詩」。「然後把『光和重力
　　全部凝聚在』他站的那個小小粉筆圈裡頭」；「他說有
　　些地方『你以為很亮，其實很深』」；「就像一枚『完
　　好的』，剛剛『形成的』乳白色『星球』一樣」。見吳
　　明益《天橋上的魔術師》。

2017年12月4日

4. 無花〈問神〉

合掌，兩枚紅紅新月苦難重重
閉眼看清，誰道明來意？

雙雙丟擲分分合合身世
半綻的序，待你續寫虛掩神祇

註：採用方向（1）「自創小說成詩」。

2017年12月4日

5. 許哲睿〈傘〉

相遇是春雨的街角
撐開。合起。破損。捐棄。
散
秋葉碎裂在鞋底

註：採用方向（1）「自創小說成詩」。

2017年11月27日

6. 無花〈單車戀〉

老翁撫摸海水與風，浪捲走的臉
時間從掌心蒸發，穿梭層層剝離的年少

同一港灣，等前世她騎車途徑
乾癟的手再次攔截愛情

註：採用方向（1）「自創小說成詩」。

2017年11月27日

7. 胡淑娟〈婆婆〉

婆婆是生鏽的鐵刃先刮去妳赤裸的鱗
再把妳丟進火爐，炭烤每個日子成焦魚
心想即使是烈焰，也會變灰燼
恨意遂閉上了眼珠化為舍利

註：採用方向（1）「自創小說成詩」。

2017年11月27日

8. 林瑞麟〈數學〉

她學會在每一片棉墊著墨
乾燥也成為她的日常

循環般的潮紅與愛情一樣是難題
她們母女各有算計，但都遲了

採用方向（1）「自創小說成詩」。

2017年11月20日

9. 綿綿〈板擦下的青春〉

他在黑板寫風、寫月、寫……
女孩將背影剪成夢
她把上課時光藏在一座庵
回首發現板擦擦下青春

註：採用（1）「自創小說成詩」。

2017年11月13日

10. 艾士德〈批發服飾的挑剪〉

記憶中，介於柔軟與粗礪之間的膚觸
是祖母挑剪毛球，結的繭

整捆、整捆的雜絮，彷彿除不盡的雜念

都在祖母的手中，清靜

　　　　　　　　　　　　　2017年11月13日

貳、【春之截句】限時徵稿得獎作品十首

主辦：臺灣詩學季刊社

協辦：聯合報副刊

策劃：facebook詩論壇（https://www.facebook.com/
groups/supoem/?fref=ts）

一、【評選說明】

1.初審由facebook詩論壇各版主按規定收稿，淘汰不
符及拙劣者，共收655首詩作。

2.複審請詩人靈歌及葉莎評選，計選出90首。

3.決審請詩人向明及白靈評選，計選出10首。

4.附帶說明：請10位作者近日內寄下基本資料至
jeigupoem@gmail.com：（1）真實姓名（註明筆

名），（2）身分證字號，（3）通訊地址，（4）戶
籍地址（須含里、鄰），（5）如果希望直接撥到銀
行戶頭，請告知帳戶號碼、銀行、分行名、帳戶名
（國外寄支票者請加英文姓名及生辰年月日）。

二、【春之截句】得獎作品10首
（按投稿本網頁先後序）

1. 宇軒〈致春天〉

離鄉背井整年以後
你帶著滿山野花回來
假裝什麼也沒有發生過
任東風牽著你在原野奔跑

2018年2月13日

2. 沐沐〈破繭〉

為了驗證
那些花花綠綠的夢是不是真的

2018年2月14日

3. 張遠謀〈平分春色〉

你輿圖的小山丘是我征途的大崑崙
倘若我們此生有幸能不錯別在春天
那也是朝露與夜霜的一場萍水相逢

2018年2月17日

4. 無花〈春思〉

一滴淚掉落杯中
以為遇見大海
一顆鹽掉入海裡
以為世界從此刻開始變鹹

2018年2月21日

5. 胡淑娟〈會飛的春天〉

女人的雙唇
只微微地一顫
春天就變成蝶翼

飛了出來

2018年2月24日

6. 成孝華〈北極熊〉

春暖花開
一隻無處可棲的熊
面對全世界的土地
找不到一塊落腳的冰

2018年2月25日

7. 蔡三少〈不可說的祕密〉

有人看到它從冬天走來
有人看見它走向夏天
有人在南半球遇到秋天的同時
有人在北半球的深夜呼喚它

2018年3月2日

8. 林錦成〈春貓〉

一隻春貓高翹尾巴

沒有月亮也可以扭著月色過中庭

腥味消失在門口

管理員掉落的眼珠子才又彈了回來

2018年3月3日

9. 趙紹球〈走春〉

雨過後，葉片

在毛毛蟲腳下

乍泄

春光

2018年3月9日

10. 李明璋〈春之著作權〉

鳳蝶追尋風的線條，飛逝

花群視線之外
這一縷軌跡，就註冊在
造物者的筆記中了

2018年3月10日

參、【電影截句】限時徵稿
得獎作品十首

主辦：臺灣詩學季刊社

協辦：聯合報副刊

策劃：facebook詩論壇（https://www.facebook.com/
　　　groups/supoem/?fref=ts）

一、【評選說明】

1.初審由facebook詩論壇各版主按規定收稿，淘汰不
　符及拙劣者，共收431首詩作。

2.複審請詩人靈歌及葉莎評選，計選出105首。

3.決審請詩人白靈及雲朵評選，計選出10首。

4.附帶說明：請10位作者近日內寄下基本資料至
　jeigupoem@gmail.com：（1）真實姓名（註明筆

名），（2）身分證字號，（3）通訊地址，（4）戶
籍地址（須含里、鄰），（5）如果希望直接撥到銀
行戶頭，請告知帳戶號碼、銀行、分行名、帳戶名
（國外寄支票者請加英文姓名及生辰年月日）。

二、【電影截句】得獎作品10首
（按投稿網頁先後序）

1. 羅拔〈雙子〉

「我恨過你，但我也只有你。」──《七月與安生》

若我們是彼此的鏡子
何需梳妝？

裂出了共同的皺紋
就不會遺忘

影片簡介：https://m.youtube.com/watch?v=UYlPM-g_jlE

2018年5月5日

2. 漫漁〈幻影人生〉

「如果你不走出去，就會以為眼前看到的是全世界」

——《新天堂樂園》

離開一個地方，讓自己永遠被懷念
還是留在原地，讓自己漸漸被遺忘
我不想選擇，就此沉眠放映機的膠卷裡
做一個不醒的夢，在光和影之中

電影簡介：https://youtu.be/C2-GX0Tltgw

2018年5月7日

3. 余境熹〈五月風暴〉

——《戲夢巴黎》觀後 I

不需要字幕
煙火，在街頭衝動

某年的政治交鋒
她起伏著乳房

電影簡介：《戲夢巴黎》
　　　　　　https://www.youtube.com/watch?v=5laKmbzmK_0
　　　　　　　　　　　　2018年5月7日

4. 胡淑娟〈爭取自由〉

——觀電影《郵報：密戰》有感

妳選擇當一片悲壯的秋葉
即使凋零　墜落
也要撞擊湖的鏡面
讓漣漪的返響如碎裂的玻璃

影片簡介：https://youtu.be/HiA28v-4lSw
　　　　　　　　　　　　2018年5月10日

5. 棋子〈鳥〉

「生命需要陪伴，每個人都需要一個副駕駛。」
——《型男飛行日誌Up in The Air》

一隻鳥的快樂在於飛行萬里卻一身輕
兩隻鳥的歡愉是背負真心期許生命著陸
孤獨最怕陷入無以自遣的寂寞，我告白
妳笑說我頭上的雲，是一朵美夢

電影簡介：https://www.youtube.com/watch?v=hnrDgLs8fQo

　　　　　　　　　　　　　　　2018年5月12日

6. 詹瑋〈捉夢〉

——"Here's to the ones who dream, foolish as they may seem."
「獻給追夢的人，哪怕他們看起來有多傻。」
《樂來樂愛你La La land》

確定腳下的影子消逝了那就好

表示沒有照亮誰的寂寞

表示你沒有踩住誰

不讓他飛

影片簡介：https://www.youtube.com/watch?v=0pdqf4P9MB8

2018年5月15日

7. 王育嘉〈鐵道員〉

日子恆常被來往的孤獨佔領

終有一絲溫情在被凍結前綻出了微笑

是北國小站落漠的鐵道

在他額上堅毅地奔馳

影片簡介：《鐵道員》

https://www.youtube.com/watch?v=GyJATfrX-D4

2018年5月17日

8. 雪赫〈憾〉

——觀電影《金剛》有感

如果不是巨影內藏的孤獨
迷惑於小小的雀舞
我也不會墮入都市叢林
在世界最高的塔頂，被人類獻祭

影片簡介：https://www.youtube.com/watch?v=amACBCKMQ8s

2018年5月27日

9. 邱逸華〈刺客聶隱娘〉

——「娘娘就是青鸞，一個人，沒有同類。」
（侯孝賢《刺客聶隱娘》）

五年童真藏於匕首
青鸞悲鳴，待鏡一磨

昨日刺客殺不死明日的我

造一片江湖，獨舞

電影預告：https://www.youtube.com/watch?v=76UjJPmtD3U

2018年5月31日

10. 劉驊〈門裡・門外〉

──觀電影《羅生門》有感

那場雨終究讓天空停在是與非之外

黑白世界釐不清彩色人性，始終

在真實的情節裡

打馬賽克

影片簡介：https://zh.m.wikipedia.org/…/%E7%BE%85%E7%94
%9F%E9%96%80_(%…

2018年5月31日

肆、三次截句競寫徵文辦法

A. 2017年第三回截句競寫

【小說截句限時徵稿】

主辦：聯合報副刊

協辦：臺灣詩學季刊社

策劃：聯副文學遊藝場（http://blog.udn.com/lianfuplay/
article）

facebook詩論壇（https://www.facebook.com/
groups/supoem/?fref=ts）

一、徵詩主題：「小說截句」，題目可自訂。

二、辦法：

　　1.徵1至4行的截句詩創作形式，可兩方向切入：

（1）「自創小說成詩」的截句，具有小說意味即可。（2）「截取小說成詩」的截句，題目可自訂，截取臺灣一位小說家的一篇或一本小說，自行截取4至10字寫成一行詩句，並註明原文出處（如在何書及何頁何段何行，或該小說網址、或曾在《聯合報》或《聯合新聞網》（https://udn.com/news/index）上刊載之小說），可由不同頁碼截一至四行，但需加潤飾或自行補足。

2.均可自行命題，需以中文寫作。歡迎參與競寫投稿，不限多少首。請在聯副部落格「小說截句」徵稿辦法下，以「回應」的方式貼文（本活動不接受其他方式投稿）。貼文主旨即為標題，文末請附上e-mail信箱。每人不限投稿篇數，但同一投稿者請勿連續貼出稿件。

三、**徵稿時間**：11月5日上午8:00:00起至11月30日晚上11:59:59止。

四、說明：

1. 聯合副刊將與臺灣詩學季刊社駐站詩人評選出10首得獎作品。經複審及決審兩級，複審時在11月12日、19日、26日及12月3日分別選10~15篇入圍的截句同步刊於「聯副文學遊藝場」網頁及「facebook詩論壇」。得獎作品於12月18日一次刊於《聯合報副刊》，由聯副支付每首稿酬1000元。另於當日中午12時正公佈並刊於《facebook詩論壇》。

2. 徵稿期限之前或之後貼出的稿件、以及臺灣詩學季刊社同仁的投稿不列入評選。預計2017年12月18日公布得獎作品於聯副。

投稿作品切勿抄襲，得獎名單揭曉前作者不得另於其他媒體（含聯副部落格以外之網路平臺）發表。作品一旦貼出，不得要求主辦單位撤除貼文。投稿者請留意信箱，主辦單位將電郵發出優勝通知，如通知不到作者，仍將公布金榜。

魚跳

3.由兩位駐站詩人負責評選：蘇紹連、白靈

4.「截句」一詞自南朝即有，有一說截律詩而成絕句。此處借用此詞（大陸詩壇一度也曾借用），可新作，可截舊作，並稍潤飾。相關資訊可請讀者上網，查詢「臺灣詩學季刊社」的臉書創作版網頁《facebook詩論壇》之置頂文。

五、小說截句舉例：需符合下列形式，才列入評審

1.〔小說截句〕〈遺產〉／蘇紹連

兄伴著安寧病房裡漸次闔眼的陰霾天空
弟暗自到父親存摺簿裡，閃電領走全部數字

喪葬之後，弟以雷聲占據祖厝風水
兄到納骨塔聆聽母親生前如雨滴的叮嚀

（註：採用方向（1）「自創小說成詩」。）

2.〔小說截句〕〈九份阿妹〉／白靈

雨的腳步總也不老，踢踏階梯

女子現身茶樓，微笑仍不肯皺

一百年了，她說，九份還是男人

指一推，推落雲朵，全新了山海

（註：採用方向（2）「截取小說成詩」。「尹雪豔『總也不老』。……連眼角也『不肯皺』一下」，見白先勇《臺北人》頁1之〈永遠的尹雪豔〉首段（爾雅版，1983），或參見網路http://www.haodoo.net/?M=u&P=A244:1&L=book）

＊上述徵稿辦法，若有遺漏處，將隨時增修公佈。

B. 2018年第一回截句競寫

【春之截句限時徵稿】

主辦：臺灣詩學季刊社

協辦：聯合報副刊

策劃：facebook詩論壇（https://www.facebook.com/
　　　groups/supoem/?fref=ts）

一、**徵詩主題：**「春之截句」，題目可自訂。

二、**辦法：**徵1至4行的截句，可寫1到4行的詩創作形
　　式，也可截舊寫的詩挑出1到4行，截舊作需自己
　　作品並附原作及出處（刊名、網頁地址或書名、
　　出版社及年月等），需以中文寫作。歡迎參與競
　　寫投稿，不限多少首。請先加入《facebook詩論
　　壇》社團，並直接貼上該版發表，一發表即不能
　　編改。其形式需置〔春之截句〕一詞於詩題前，
　　詩題後並另加作者發表筆名。無法完全符合者，
　　將不列入評審。

三、**徵選時間：**即日起至3月10日晚上11:59:59止。

四、**說明**

　　1.選出10首，經複審及決審兩級，於3月底一
　　　次刊於《聯合報副刊》，由聯副支付每首稿
　　　酬1000元。另於當日中午12時正公佈並刊於

《facebook詩論壇》。

2.入選10首詩將另載於臺灣詩學預定編印之《截句新選》（暫擬）一書，在年底前出版，作者贈書乙冊，不另支轉載費。

3.「截句」一詞自南朝即有，有一說截律詩而成絕句。此處借用此詞（大陸詩壇一度也曾借用），可新作，可截舊作，並稍潤飾。相關資訊可請讀者上網，查詢臺灣詩學季刊社的臉書網頁《facebook詩論壇》之置頂文。

五、截句新作舉例： 需完全符合下列形式，才列入評審：

〔春之截句〕〈春天來還利息〉／作者名（必填）

定存一整年的春今早還利息了
用一朵白茶花敲開我的窗
是觔斗雲摺的呢，載起幾隻白鷺鷥

飛遠了還灑下一山坡一山坡紅杜鵑

（若係截舊作，請將原作打字附在此處下方，並註明〔原
作〕及出處）

C. 2018年第二回截句競寫

【詩人節電影截句徵稿】

主辦：臺灣詩學季刊社

協辦：聯合報副刊

策劃：facebook詩論壇（https://www.facebook.com/
groups/supoem/?fref=ts）

一、徵詩主題：「電影截句」，題目可自訂。

二、辦法：

　　1.徵1至4行的截句詩創作形式，以中外電影之片
　　　名、情節、影片中出現之相關臺詞、或賞完電
　　　影之感受為創作題材。

　　2.均可自行命題，詩題可是片名或詩副標題加片
　　　名（見下舉二例）。詩末若能連結一項該片相

關資訊之網址更佳。若為片中出現的臺詞或觀念，可加潤飾或補足（具原創性之臺詞宜加轉化）。

3.需以中文寫作。歡迎參與競寫投稿，不限多少首。請先加入《facebook詩論壇》社團，並直接貼上該版發表，一發表即不能編改。其形式需置【電影截句】一詞於詩題前，詩題後並另加作者發表筆名。無法完全符合者，將不列入評審。

三、**徵稿時間**：5月4日上午8:00:00起至5月31日晚上11:59:59止。

四、**說明**：

1.選出10首，經複審及決審兩級，於6月18日詩人節一次刊於《聯合報副刊》，由聯副支付每首稿酬1000元。另於當日中午12時正公佈並刊於《facebook詩論壇》。稿件請勿抄襲，貼版後在公佈評審結果前，不可再發表該作品於其他平臺網頁及個人網頁。

2.入選10首詩將另載於臺灣詩學預定編印之《截
句新選》（暫擬）一書，在年底前出版，作者
贈書乙冊，不另支轉載費。

3.「截句」一詞自南朝即有，有一說截律詩而
成絕句。此處借用此詞（大陸詩壇一度也曾借
用），可新作，可截舊作，並稍潤飾。相關資
訊可請讀者上網，查詢「臺灣詩學季刊社」的
臉書創作版網頁《facebook詩論壇》之置頂文。

五、電影截句舉例：需完全符合下列形式，才列入
評審

〔電影截句〕〈駭客任務〉／作者筆名
——我們觀察的世界並不存在，我們觀察到的不
是世界（愛因斯坦）

死不過是，將滿格式化成空
錫安找的救世主這回已第六代了

任誰都可在虛擬中活得真

只要忘了淚和吻是程式滾動的結果

（影片簡介https://www.youtube.com/watch?v=dT-2ndqwWOo，大陸譯「黑客帝國」）

〔電影截句〕〈漂流木們〉／作者筆名
——觀洛夫紀錄片《無岸之河》有感

歲月再長，與土地終有一別
因緣能裸身相疊，春汗即夏雨

之後你海我陸，秋在奔馳
冬寒時你或會在一縷煙裡聞到我

（影片簡介https://www.youtube.com/watch?v=lK_VCm6VAqs）

＊上述徵稿辦法，若有遺漏處，將隨時增修公佈。
（2018/04/30）

作者索引

蕭郁璇整理

說明：

1. 本索引為方便上網搜尋，乃按作者在臉書上的取名方式排列，括弧中並附此截句選集中的筆名，日期按發表年／月／日。

2. 因本選集中輯一至輯六的每首詩末均附年月日，故索引如'18/01/12即2018年1月12日，查詢詩作請按年及月份，如2017年7月及8月，在輯一查詢，逐日尋索即可。如2018年1月及2月，在輯四查詢，逐日尋索即可，以此類推。

3. 截句徵文的得獎作品「小說截句」十首、「春之截句」十首及「電影截句」十首則見輯七，詩末並另附年月日。

語言文學類　截句詩系38　PG2200

魚跳：
2018臉書截句選300首

編　　選 / 白　靈
責任編輯 / 林昕平
圖文排版 / 周妤靜
封面原創設計 / 許水富
封面設計 / 蔡瑋筠

發 行 人 / 宋政坤
法律顧問 / 毛國樑　律師
出版發行 / 秀威資訊科技股份有限公司
　　　　　114台北市內湖區瑞光路76巷65號1樓
　　　　　電話：+886-2-2796-3638　傳真：+886-2-2796-1377
　　　　　http://www.showwe.com.tw
劃撥帳號 / 19563868　戶名：秀威資訊科技股份有限公司
　　　　　讀者服務信箱：service@showwe.com.tw
展售門市 / 國家書店（松江門市）
　　　　　104台北市中山區松江路209號1樓
　　　　　電話：+886-2-2518-0207　傳真：+886-2-2518-0778
網路訂購 / 秀威網路書店：https://store.showwe.tw
　　　　　國家網路書店：https://www.govbooks.com.tw

2018年11月　BOD一版
定價：470元
版權所有　翻印必究
本書如有缺頁、破損或裝訂錯誤，請寄回更換

國家圖書館出版品預行編目

魚跳：2018臉書截句選300首 / 白靈編選. -- 一
　　版. -- 臺北市：秀威資訊科技, 2018.11
　　　面；　　公分. -- (語言文學類)(截句詩系；
38)
　　BOD版
　　ISBN 978-986-326-642-6(平裝)

831.86　　　　　　　　　　　　107020550

讀 者 回 函 卡

感謝您購買本書，為提升服務品質，請填妥以下資料，將讀者回函卡直接寄
回或傳真本公司，收到您的寶貴意見後，我們會收藏記錄及檢討，謝謝！
如您需要了解本公司最新出版書目、購書優惠或企劃活動，歡迎您上網查詢
或下載相關資料：http:// www.showwe.com.tw

您購買的書名：_____

出生日期：_____年_____月_____日

學歷：□高中 (含) 以下　　□大專　　□研究所 (含) 以上

職業：□製造業　□金融業　□資訊業　□軍警　□傳播業　□自由業
　　　□服務業　□公務員　□教職　　□學生　□家管　　□其它_____

購書地點：□網路書店　□實體書店　□書展　□郵購　□贈閱　□其他

您從何得知本書的消息？

　□網路書店　□實體書店　□網路搜尋　□電子報　□書訊　□雜誌
　□傳播媒體　□親友推薦　□網站推薦　□部落格　□其他_____

您對本書的評價：(請填代號　1.非常滿意　2.滿意　3.尚可　4.再改進)

　封面設計____　版面編排____　內容____　文／譯筆____　價格____

讀完書後您覺得：

　□很有收穫　□有收穫　□收穫不多　□沒收穫

對我們的建議：_____

_____

_____

_____

11466
台北市內湖區瑞光路 76 巷 65 號 1 樓

秀威資訊科技股份有限公司　　　收

BOD 數位出版事業部

姓　　名：＿＿＿＿＿＿＿＿　　年齡：＿＿＿＿　　性別：□女　□男

郵遞區號：□□□□□

地　　址：＿＿＿＿＿＿＿＿＿＿＿＿＿＿＿＿＿＿＿＿＿＿

聯絡電話：(日) ＿＿＿＿＿＿＿＿＿＿　(夜) ＿＿＿＿＿＿＿＿＿＿

E-mail：＿＿＿＿＿＿＿＿＿＿＿＿＿＿＿＿＿＿＿＿＿＿